句集

深層水

福井ちゑ子

文學の森

句集深層水／目次

装丁　井原靖章

句集

深層水

しんそうすい

着地の豆

二〇〇五年〜二〇〇六年

山肌の寒虹太し震災忌

一夜観音手首の鬱を彫り残す

泥濘に着地成功福の豆

鯖街道血のしたたりを塩とする

雛納め風邪を移さぬようにして

群れをなす向日葵国勢調査年

愛される藪蚊は六義園育ち

蟬の穴時計回りに人を呼ぶ

青鷺を染め池のいろ無尽蔵

影踏みの影は眠れず草蝨

柵越えて狗尾草が逃走す

水引草わたしを主張するでもなく

もみじ饅頭捧げて非核宣言都市

瀬戸大皿天地の境傾けて

桔梗青栗花屋が風を運びこむ

星降らせ旅の前夜の柿を剝く

落葉降る夜泣き地蔵の胸を借り

宙ぶらりんの言葉しずしず雪女

踏みしめる古道地球が暗くなる

春疾風近づけば退く寺のあり

環濠行くしばしの椿浮かせおく

花十字柱の疵が深くなる

百年を誇らず小学校のさくら
謎解きの終らぬままにさくら散る

曇天の壁押し上げる芽のちから
天秤座針が夜汽車になるところ

リラ落ちる間合いひとりを確かめて
陶酔の雨が林を束ねけり

たんぽぽは長柄風待ち人を待ち
脚見せて大地の狭間朝の虹

空蟬の毅然地軸の傾きに

田の隅に風の平等余り苗

蔦茂る水の惑星に生き継ぎ

心得て網ごと動く生簀の蛸

逆風に姿勢問われている鷗

心字池みんみんは今どの辺り

木の実落つ戦後六十一年弾

走り雨秋の遍路らしくなる

抽象へ具象へ揺れるコスモスか

渦消えて海はどこから空になる

富士離れ考えている伏流水

原爆図褪せず秋いろ美術館

近景の柿遠景の鷺交わらず

白菜巻き夢は限りなく蝶に

朝の漁場鰭にあかるい毒を持つ

黍畠風が行き着く十二月

老ける滝

二〇〇七年～二〇〇八年

迷いから目覚める森のひかり苔
はぐれ鴨未知の体験話でも

もともとは他人の空似浮寝鳥

七種を数えて春を完成す

今着いた春ですカタログ通りです
かもめ一列福龍丸を眠らせる

南高梅滝見続けて老け始む

十一面のうしろ特別よく笑う

山城を攻めるさくらは散りながら

二枚貝死んで蝶にもなりきれず

牛の尾の自由時間に生きる虻

今日の蚊の迷い断ち切るごと驟雨

飛ぶ夢の終りに母が麦の秋

待ち続ける上昇気流莢豌豆

この世との境柿の葉ずしの角
毒薬を少し睡魔が所望する

山あじさい唯一本も隙見せず
八月の平らな面を枕にし

限界に近づく音階きりぎりす

勝運の牛の微熱の舌遊び

ともかくも笑う閻魔に会うことに
正座して一日信徒薄紅葉

鍾乳石いま観音に進化中

出航の銅鑼約束の月がでた

かわらけ投げ海の泡とも草紅とも
薬草湯隣り釈迦堂かも知れず

天蓋の金は紅葉とも違う
始まりのひとつが水平線染める

言い換えるレノン命日開戦日

御詠歌に背を押されいる雪しずく

薄荷含めば更に枯いろ進む山

九十九折今朝の巣箱が落ちている

海抜の低さを楯に黄水仙

犬ふぐり身の丈に合う風探す

千羽鶴の最後の一羽飛び立てり
遠目には仲睦まじく散るさくら

放水銃かやぶき里のきんぽうげ

この星を自在に生きて鳥帰る

波ガラス若葉の揺れに歪みつつ

差しのべる全身滝へ青かえで

大津絵の鬼の眼に会う五月闇

夏まつり森の菌糸を動員し

花氷いのち四角に囲い込む

影踏みの鬼の犬歯を見てしまう

妖精を待つ楽屋口青葉風

雨後の蟬東京に森現れて

望郷の波のかたちにごみ漂着

巻き始めいつも夕焼雲のキャベツ

戯れの途中本気に那智の滝

常滑の風を織り込む水琴窟

熊笹の手向けが始め野麦峠

渡り蟹ひっくり返し空の藍

十五夜の大般若経裏返す

鳳仙花波いろ嫌い出奔す

平衡を崩してからの雁の列

秋風も寄り道をして寺のカフェ

草紅葉満身霧の声を聞く

喝采のごと憮いっせいの落葉

歓声も吐息も落葉止められず
内子座を正面に据え時雨かな

語部

二〇〇九年

山の淑気肩の力を抜いたから
踊り場の呼吸整え寒に入る

背面に潮鳴りを溜め箱階段

蒟蒻玉律儀に膝を崩さずに

すべてうまくいきそう大寒の足摺は

春一番歩きたいから眼をあける

春塵を遁れて地下に古書を積む

湖風のときに梅の香蔵開き

空摑むメタセコイアの円錐形

椿散る百株にある百の赤

流星に願かけ損ね鳥帰る

春闌けてコンペイトーの角揃う

喜寿過ぎの生命線の川きらめく

貝殻置く生簀夕日の観測点

ならまちの扉さくらへ押し開く

さくら土手この世あの世の区別なし

動くものまぶたに沈め花疲れ

千年の語部潜む根尾桜

ひそひそと網目うかがう大浅蜊

渦を巻く田水天地の継目とも

半眼の心得を説く青葉梟

動かぬ水行く手に前方後円墳

雁塚の斬られた首がこちら向く
あじさいの反乱動機見当らず

潮風のきりり沖縄慰霊の日

渾身の花火水面に身を任す

77　語　部

夜の秋童画の馬が背を伸ばす
暗峠越えて素直になっている

最果ての昴を目指す茄子の馬
茄子の馬シルクロードを渡るかな

生き方を模索する蟬終戦忌

古代生き流れに乗れず珪化木

コリウスの黄の乱れ呼ぶ関節痛

往還の道の窪みに初ばった

直角に曲る寺町葉鶏頭

日食に雲のフィルター酸漿ほど

消えるためこんなに力の要る秋波

稲架天へ焼畑残す朝の彩

いちょう散る間も双子座流星群

巻爪も大爪も合戦を待つ枯野

剝製のインコ巴里語をしゃべりだす

振出しは外人墓地の冬向日葵

流星の行き着くところ仏手柑

年の瀬の言葉うろうろ擦れ違う

雛の目論み

二〇一〇年

仏の座何の取りえがあるわたし

冬は冬の力の潜むとんぼ玉

だまし絵に騙されている春の月

盥崎椿散るのに任せおり

盆梅の大鉢門を溢れ出る

押し雛も軒も百年褪せもせず

逃亡を目論む雛　村消えた

見開いて獅子の眼に寒戻る

放蕩の青春きっぷさくら追う

地上のさくら地下に揚水発電所

横顔を見せるのが春愁の合図

標的になろう雀の鉄砲の

田を伝い花の香伝い迷い猫

耕運機沈めて渦を巻く花屑

約束の芽吹きですよと折れ銀杏

九輪草妻籠の軒に売られけり

五月冷え風の噂の間欠泉

走り梅雨アルプス圏を遠巻きに

じゅんさい池蛍生まれる前夜かな

空の蓋はずれ紫陽花したたりぬ

虹のひといろ縫いはやぶさの帰還
浜昼顔そろそろ踏まれる時間です

献体を未来の風に聞いてみる
脈拍の先に青野の続きおり

マッチ擦り山のあなたを明るくす

無性に片陰求め会いにゆく

旱魃や一年計る砂時計

ありありと水平線の歪む熱夜

色えんぴつの一色で描く夏の果て
熱中症山河は溶けも朽ちもせず

蹲の太藺の揃う暑さかな

改めて終戦の日の顔洗う

夏終る駅頭いつもの僧の位置

貯水池へ崩れカンナが先導す

流星群子育てを始めるところ
焼香の列に彼岸花並んでいる

現世の棘に向き合うすだち狩

鳴竜は橋のてっぺん秋の雲

雲映す水もろともに飲み込む鷺

女神大橋ランナー去ってからの秋

刈田風田は黍色に密やかに

空腹の街高階の暮れ始む

大根葉青々大山千枚田

冬木笑む大仏さんは頰に傷

迷子になりに

二〇一一年〜二〇一二年

立春の雲になりたい鯨浮く

利き腕を休ませ自画像春光裡

眠れない会えない春の処方箋

竜神の頭ひとつの忘れ雪

春暁を揺るがす海の火照りかな

標本の骨格春田へ歩きだす

ずん胴も短足もなし春大根

いっせいに芽吹いて貨車を黒くする

一片を天に預けて風車佇つ

そこに月光都忘れの一群落

傾いた折鶴の首遠青野

思いっきり空傾けてラムネ玉

地上絵の一点目指す天道虫

縞馬の縞の反乱半夏生

麦の穂の金と交錯ゴッホの眼

滴りの熟すとき山語りだす

追伸は海の元気を巴里祭

牽牛が垂らす朱の糸もつれ合う

黎明のうすむらさきを来る足音

鳥威しただいま零の出水の鶴

コスモスの真ん中迷子になりに行く

月冴える裏側に毛細血管

煤いろに膨れくる山歓喜天

草の実の爆ぜ新たなる着地点

きっと又会えると松を離れけり

絶唱か山ときめきの色に染め

かんざしを買おう坊さんいない橋

共いろに紛れ枯野らしくなる

寒鯉のかたちに泥の池を干す
日没がもう来る雪をきしませて

雪目になるまで動物園彷徨

牧草地雪の捨場を許している

シェルターをひとつ魔界に置く雪野

斑雪今日を生きるという力

福島を支えているか桃の花

冴返る何は無くとも甕の蓋

明日を占う杭それぞれの花筏

あるだけの運使いきる葦の角

日に透かすレタスにもある感情線

ひかり田になれる一枚春の月

弧を繋ぎ円になるまでの朧
逃水に寄り添うと決め歩きだす

骨も身も沈めて水の鯉幟

沖縄忌無言の島のなみがしら

角が立つから青芝に坐っている

手続きを踏んでしばらくの夕焼

魂の浮遊定まる大暑かな

夏盛ん名のある草の名を知らず

点線が乱れて新しい星座

借景にスカイツリーを足す八月

念ずる指朝の雫の生まれくる
やはり採掘のまん中阿弥陀仏

貝塚に土器縄文にあった秋
悠久を伝える土偶文化の日

目的の一つのような冬青空

木々騒ぐ夜の寒波に迷いなし

透明な幕

二〇一三年〜二〇一四年

福は内鬼の返事を聞きたさに

草を踏み野の真ん中を来た鬼か

上書きに霞と書いて奉納す

背伸びして骨くきくきと春寒し

三月のひかり卑弥呼を解き放つ

春の雲まどさんぞうさんしろやぎさん

とうに決めた筈のぶらんこの二人
爪を切る滅びの花のかたち生む

さざなみの集大成となりし皺
細胞の連続写真梅雨に入る

締切りに間に合う月下美人かな

喜雨を呼ぶ樹木葬とは知らないで

アイス棒短し銃後生き抜いて

すぐそこに別れが郭公の遠音

緑陰の力頼みに海への道

痩せ馬の眼に逆立ちの夏の月

どこからが自然境のない青田
ままならぬ覚悟緑陰褪せてくる

記録からこぼれ外野の夏終る

聞き耳を立てそれからの月夜茸

撒き塩が描く八月抛物線
澄むを待つ噴き上がっては黙る水

万感を潜りし水の澄み具合
透明な幕引き直す露である

溜息が転がる虫のいない闇
白鳥に戻るのもよし冬の虹

踏み出したここが古里仏の座

持ち駒が戻ってくるまでの枯野

おぼろには非ず知らない石である

春の立つ万能の意志の細胞

分身に任せる悲哀四月馬鹿

脈絡なき人集いくる薄暑かな

瑞々しい山の震えに声合わす
短夜の筋を通して説得す

指を洩る夏の終りの敗者の砂

網膜に影の結ばず草紅葉

物の怪や育ち始める絵本棚

健さんも文太もいない燗冷まし

かけ違う釦人事を尽くしても
花束に明日の白い光源足す

冬雲が金の積木を崩しゆく

緋の誇り捨て落日の潔さ

人格を量る薄闇心電図
遠くない地の果て紡ぐ蜘蛛の糸

句集　深層水　畢

あとがき

戦後七十年、阪神・淡路大震災から二十年の節目を迎えました。前句集『藍の粒子』の上梓から十年経ちました。

ひっそりと沈んでいた深層から発見された水の、その爽やかさ、美味しさに、人は気づき始めました。長い時間をかけ、静かに出番を待っていたのに違いありません。その辛抱強さ、潔さは俳句にも通じます。思いや言葉を、一つひとつ積み上げて、やがて城の石にもなる小石かもしれません。

四季が巡り、当たり前に感じていた歳月ですが、いつもの繰り返しではないのも確かです。自然界は同じように見えて、どこか違っています。二年前に夫を亡くし、私自身にも大きな変化がありました。自然も人間も、それぞれ動いている、との実感も年々深くなります。

ものに対する感じ方も変わりつつあります。それでも変わらない真実に向き合い、芯のある生き方をしたいと思います。俳句だけではなく、彩りを深めるもので豊かな人生を綴りたい、美しさを感じ様々なものに興味を持ち続けたい、と。

これまで、俳句を長く続けてこられたのも、「紫」の山﨑十生主宰を始め、仲間のあたたかい支えと、多くの方の励ましのお蔭と、深く感謝いたします。

二〇一五年　初秋

福井ちゑ子

著者略歴

福井ちゑ子（ふくい・ちえこ）

1933年12月４日　埼玉県大宮市（現さいたま市）生まれ
1959年４月　「紫」入会、関口比良男に師事
1962年　「紫」新人賞、同人
1965年～1982年　「青玄」伊丹三樹彦に師事
1979年　「紫」作品賞
1980年　「紫」星雲賞
1981年　現代俳句協会会員

句　集　『海光』（1970年）
『滞空時間』（1991年）
『藍の粒子』（2005年）

現住所　〒654-0153
兵庫県神戸市須磨区南落合2-2-508-104
電　話　078-793-5106

句集　深層水《しんそうすい》
文學の森ベストセラーシリーズ
発　行　平成二十七年八月三十日
著　者　福井ちゑ子
発行者　大山基利
発行所　株式会社　文學の森
〒一六九-〇〇七五
東京都新宿区高田馬場二-一-二　田島ビル八階
tel 03-5292-9188　fax 03-5292-9199
e-mail mori@bungak.com
ホームページ　http://www.bungak.com
印刷・製本　小松義彦

ISBN978-4-86438-456-8　C0092
落丁・乱丁本はお取替えいたします。